Papel certificado por el Forest Stewarship Council®

Primera edición: abril de 2017
Cuarta reimpresión: abril de 2018

© 2017, Begoña Oro, por el texto
© 2017, Cuchu (Sònia González), por las ilustraciones
© 2017, Penguin Random House Grupo Editorial, S.A.U.
Travessera de Gràcia, 47-49. 08021 Barcelona

Printed in Spain — Impreso en España

ISBN: 978-84-488-4781-4
Depósito legal: B-4917-2017

Impreso en Soler Talleres Gráficos
Esplugues de Llobregat (Barcelona)

BE 47814

Penguin
Random House
Grupo Editorial

CUENTOS BONITOS PARA QUEDARSE FRITOS

Begoña Oro

Cuchu

Para Casilda, el primer libro.

Índice

Tengo el pie triste

—Tengo el pie triste —dijo Germán.

—Le daremos un beso y rascataplán.

—Es que tengo otro pie, y también está triste.

—Le haremos cosquillas, para que se despiste.

—La tristeza me corre por todas las piernas.

—Abajo arriba, te doy unas friegas.

—Ahora se subió la tristeza al ombligo.

—Pues lo taparemos. Que no pase frío.

8

—En este hombro, aquí, me queda aún tristeza.

—La sacudiremos con delicadeza.

—¿Y mis mejillas? Qué tristes que están.

—Espera que sople. Ffff ffff. Ya está.

—La más triste triste es mi triste nariz.

—Le daremos un beso de miel y maíz.

—¿Y qué hay de mi oreja? También está triste.

—Si quieres, probamos a contarle un chiste.

—No, gracias, muy amable, ahora no tiene ganas.
Creo que prefiere oír una nana.

—«Mi niño pequeño
se quiere dormir;
le cantan los gallos
el quiquiriquí».
¿Sigues triste? ¿Y los ojos?

—Zzzzzzzzzzz.

9

¡Gracias!

A doña Feliciana todo le sentaba bien.

Siempre agradecía la compañía.
¡Gracias!

Todo le parecía un regalo del cielo. Todo.
¡Gracias!

Agradecía los consejos.
¡Gracias!

¡Y siempre se veía bien! (aunque a veces era la única).
¡Gracias!

Todo le gustaba a doña Feliciana.
Le gustaba el agua.
¡Gracias!

Le gustaba la tierra.
¡Gracias!

Le gustaba el fuego.
¡Gracias!

100 €

Doña Feliciana era una mujer feliz que hacía
muy feliz a todos los que la rodeaban.

Bueno, a casi todos.

Tremendo lío

Lobo Malo tiene la despensa bien llena. Tiene:

Un pastor
¡Socorro!
**Dos miembros de la familia Roja (una abuela
y su nieta, llamada Caperucita)**
¡Socorro! ¡Auxilio!
Tres cerditos
Oink oink oink
Cuatro gallinas
Cocó cocó cocó cocó
Cinco pollitos
Pío pío pío pío ¡achís!
**(Es que un pollito
está resfriado)**

Seis corderos
Beee beee beee beee beee
(Es que uno de los corderos es mudo)
Siete cabritillos
Baaa baaa baaa baaa baaa baaa beee
(Es que uno sabe idiomas)

Cuando Lobo Malo va a meter en la despensa a Pedro, el niño que acaba
de cazar, se da cuenta de que no cabe.

—Vaya, tendré que comerme a alguien —piensa—. ¿Pero a quién
me comeré primero? Ay, qué duda, qué tormento. No sé qué hacer.
¿A quién me podría comer?

Lobo Malo suelta el saco donde lleva a Pedro y se pone a pensar.

«¿Y si me como al pastor?
Ay, pero igual me da ardor.
No. Me comeré a la abuela.
¿Me cabrá en la cazuela?».

Pero, mientras Lobo Malo duda, Pedro coge la cuerda y empieza a rodear al lobo.
«¿Y si empiezo por la nieta?
¡Estará rica con setas!».

Pedro lía y lía y lía la cuerda alrededor de Lobo Malo.
«Bien pensado, los cerdos ocupan un montón.
¡Me comeré desde la oreja hasta el jamón!
¡No! Mejor hago un caldo de gallina.
¡Abran paso en la cocina!».

Pedro ya tiene al lobo totalmente atado. Solo le falta... ¡hacer un lazo!

«Con el cordero puedo hacer estofado.

¿Y si lo hago al horno segoviano?

No, al horno hago el cabritillo.

¿O mejor como primero al pastorcillo?

¡Ay, no sé qué hacer! ¡Estoy hecho un lío!».

Y puedes creer que lo está.

Hecho un lío.

Hecho un buen lío.

Tantas dudas Lobo Malo ha tenido
que ahora la cuestión no es qué comer,
sino ¡comer o ser comido!

1085 RECETAS DE COCINA
SIN NOMBRES RAROS

Los dos hermanos

Luis y María eran hermanos.

Discutían lo normal. Pero un día tuvieron una discusión nada normal.

Luis se enfadó mucho con María. Primero se quedó callado y se empezó a poner rojo rojo. Cuando ya no podía ponerse más rojo, acabó diciendo a María:

A María no le gustó nada que su hermano la insultara, así que le dijo:

«¿Ah, sí?», pensó Luis. «Pues tú...»

A María eso le sentó fatal. Como no quería quedarse atrás, gritó:

Y siguieron
discutiendo
hasta que...

¡¡!! ¡¡GRR!!

María se quedó un momento pensando. Y entonces ocurrió.

Al dragón, que los domingos solía comer cocodrilo de aperitivo, se le abrió el apetito y, aunque era martes, decidió matar el gusanillo. Y se comió a Luis y a María.

En el estómago del dragón, los hermanos se miraron y no supieron qué más decirse.

Pero no estaban solos.

El cocodrilo empezó a dar vueltas alrededor de los dos hermanos mientras decidía a cuál se comería primero. Sus colmillos brillaban en la oscura tripa del dragón.

Primero miró a Luis.

Luego miró a María.

El cocodrilo clavaba los ojos saltones en sus huesecillos, y María empezó a temblar.

Luis se puso entre el cocodrilo y su hermana María y la rodeó con sus fuertes brazos.

Y entonces María dijo:

—Perdona, Luis.

Y nació una rosa.

Y luego Luis dijo:

—Perdóname tú a mí.

Y nació otra rosa.

Y el cocodrilo, conmovido, dejó de dar vueltas y empezó a derramar auténticas lágrimas de cocodrilo. Regadas por las lágrimas, las rosas crecieron y crecieron hasta que sus espinas hicieron explotar el estómago del dragón.

Ahora María y Luis siguen discutiendo de vez en cuando. Especialmente, los días de lluvia, cuando toca pasear a Coco.

Pero, eso sí, cuando discuten, ni Luis ni María olvidan pedirse perdón al final. Y, sobre todo, jamás han vuelto a decirse cosas demasiado gordas...
Por si acaso.

Desayuno sorpresa

¡Chist! Esta historia es un secreto. No se lo puedes contar a nadie. ¿Lo prometes?
¿Seguro?

Vale, allá va.

Alba y Pedro quieren dar una sorpresa a papá y mamá.

No. No es a tu papá y tu mamá. A SU papá y SU mamá.

¡No se lo cuentes!

Mañana por la mañana van a despertarse prontísimo. ¡El sol aún no habrá salido!

Y van a preparar un desayuno sorpresa para papá y mamá.

No. No para tu papá y tu mamá. Para SU papá y SU mamá.

Sacarán los manteles bonitos. Y las servilletas de tela.

Pondrán las tazas en la mesa. Y las cucharillas.

Sacarán las galletas. Y la leche.

Y una magdalena para cada uno.

Y un poco de fruta.

Y hasta unas nueces.

Y alguna cosa más que encuentren por allí.

¿Qué más? ¿Qué más podrían hacer?

Alba y Pedro se han pasado toda la noche pensando en la sorpresa que van a dar a papá y mamá.

SU papá y SU mamá.

¡Pintaremos unas flores y las pondremos en la mesa!

¡Pondremos patatas fritas!

¡Invitaremos a los muñecos!

¡Nos vestiremos elegantes!

Han estado tanto rato despiertos que...

—¡Alba! ¡Pedro! ¡Hora de levantarse! ¡A desayunar!

¡Se han quedado dormidos!

Pero esta noche se dormirán los primeros,

y mañana van a preparar un increíble desayuno sorpresa para papá y mamá.

No, no para tu papá y tu mamá.

¡Oye! ¡Si quieres, tú puedes hacer lo mismo! Solo tienes que dormirte enseguida para mañana despertarte antes que TUS padres.

¡Ya verás qué sorpresa se llevan! ¡Seguro que no se lo esperan!

¿Cómo dices?

¿Que tu papá o tu mamá te está leyendo esta historia?

Ah, vaya.

¡Bueno! ¡No pasa nada!

Seguro que esta noche se les olvida.

¡Los padres tienen muy mala memoria!

Ya verás. Compruébalo...

Seguro que si les preguntas qué acaban de leer, no se acuerdan ¡de nada!

Diálogo tontiloco de dos que se quieren un poco

—Te quiero un poco.

—¿Como el mono al coco?

—Yo diría que un poco más.

—¿Cuánto? Tú dirás.

—¿Será que te quiero casi mucho?

—¿Tanto como la trucha al trucho?

—Quizá un poco menos.

—¿Como los malos a los buenos?

—¡Esos no quieren nada!

—Oye, ¿tú me quieres toda la semana?

—Bueno, un poco menos los martes.

—¿Pero me quieres tanto como antes?

—¡Un poco más cada día!

—¿Me quieres como el sobrino a la tía?

—Casi lo has clavado.

—Ya sé. Me quieres como quiere el martillo al clavo...

—Si crees que eso es amor, estás muy equivocado.

—Entonces como el joven al wifi.

—Uy. Tanto tanto es difícil.

—¿Pero tú me quieres con la fuerza de los mares?

—Solo los días pares.

—¿Con el ímpetu del viento?

—¡Déjate de cuentos!

—¿Como el abuelo al nieto?

—¿Pero sabes cuantísimo es eso?

—¿Como la mamá al niño?

—¡Eso es imposible, cariño!

—¿Pero entonces me quieres, zoquete?

—Te quiero de seis a siete.

—¿Pero cuánto, tontiloco?

—Ya te lo he dicho: ¡un poco!

El niño que se quedó atrapado en su pijama

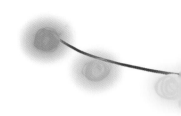

Nacho era un niño pequeño con una cabeza grande.

Era genial tener una cabeza grande porque en ella le cabían un montón de cosas.

Algunas eran cosas muy grandes: platos enormes de macarrones, dinosaurios, aviones, robots, camiones de bomberos, barcos piratas, helados gigantes de chocolate...

El problema era que la cabeza no le cabía en muchos sitios.

No le cabía en los sombreros.

No le cabía en los cascos.

No le cabía entre los barrotes de los columpios.

No le cabía en los jerséis ni en los pijamas.

Un día la abuela de Nacho trajo un regalo especial.

—¡Mira! ¡He encontrado un pijama para cabezas superultramegagrandes!

¡Este sí que te cabrá por la cabeza!

—¿Seguro seguro? —dijo el padre de Nacho.

—Seguro seguro —dijo la abuela.

Nacho estaba deseando ponerse el pijama.

Metió el brazo derecho,

metió el brazo izquierdo,

metió la cabeza y...

—¡No me cabe! —dijo Nacho desde dentro del pijama.

—¡No puede ser! —dijo la abuela—. ¡Es para cabezas superultramegagrandes!

Y estiró fuerte hacia abajo.

Pero eso solo sirvió para que el pijama se le atascara un poco más.

—¡No puedo salir! —gritaba Nacho.

La abuela estiraba para abajo.

El padre estiraba para arriba.

Pero no había manera.

Nacho se había quedado atrapado dentro del pijama.

—¿Estás bien, hijo? —preguntó el padre de Nacho.

—Más o menos —dijo Nacho.

Nacho tuvo que irse a la cama atrapado en su pijama.

—¿Tendré que vivir dentro del pijama toda la vida? —preguntó preocupado.

El padre y la abuela de Nacho se miraron.

—¡Mañana será otro día! —dijo la abuela de Nacho.

Aquella noche dentro del pijama, Nacho decidió usar TODO lo que tenía en la cabeza.

Hizo despegar a los aviones para que rodearan al pijama;

llamó a los bomberos, que llegaron con sus hachas;

los piratas se lanzaron al abordaje con sus espadas;

los robots estiraron con sus manos articuladas...

El trabajo definitivo lo hizo el tiranosaurio rex,

que dio un mordisco letal al pijama,

¡y la cabeza de Nacho quedó liberada!

Cuando acabaron su misión, pilotos, bomberos, piratas, robots y dinosaurios se comieron un buen plato de macarrones y un helado gigante de chocolate cada uno. ¡Se lo merecían!
Y Nacho durmió a pierna (y cabeza) suelta.

A la mañana siguiente, Nacho fue corriendo a despertar a su abuela.
—¡Abuela! ¡He conseguido escapar del pijama!
La abuela abrazó a Nacho muy fuerte.
—Menos mal, porque si no, tu padre me mata —dijo la abuela.
La abuela y Nacho se miraron sonriendo.
—Pero, Nacho, dime, ¿cómo lo has conseguido? —preguntó la abuela.
—¡Usando la cabeza!

Casilda Sin Asco

Los reyes de Hedionda tenían un problema.

Y no era que en su reino oliera a pies sudados, huevos podridos y pedos fritos.

El problema era que no encontraban quien quisiera casarse con su hijo, el príncipe Pestazo.

Por eso decidieron convocar un concurso. Quien superara las cinco pruebas del concurso, conseguiría la mano del príncipe.

Se presentaron cientos de damas. Pero todas salieron huyendo en la primera prueba. ¡Les parecía asquerosa!

Hasta que llegó Casilda.

A Casilda nada le daba asco.

Casilda no tenía muchas ganas de casarse con un príncipe, pero le encantaba ganar, y como tampoco era muy rápida, ni muy alta, ni muy fuerte, pensó: «Este concurso sí que lo gano. Lástima que me vayan a dar un príncipe y no una medalla. ¡Qué se le va a hacer!».

Casilda Sin Asco pasó con **gusto** la primera prueba:
comer revuelto de baba de caracol con virutas de tripa
y ojo de rata sobre lecho de pelo grasiento de bruja.

«¡Mmmm, qué rico! ¿No hay más?»

Pasó encantada la **segunda prueba**:
escuchar una canción del grupo Moco de Trol.

«Yo tengo un moco,

lo saco poco a poco,

lo redondeo y lo miro con deseo.

Yo me lo como

y como sabe a poco…».

¡Y hasta acabó cantándola de **oído**!

Pasó con **tacto** la tercera prueba:
acariciar un sapo viscoso verrugoso durante una tarde entera.

«Culito de rana, si no se te cura hoy, se te curará mañana».
¡Y hasta le curó un golpe que se había dado al resbalar
en el estanque!

Pasó embelesada la **cuarta prueba**:
contemplar el amanecer en la laguna de La Vomitera.

«¡Qué bonita **vista**!»

Y pasó con **olfato** la
quinta prueba:
cambiar el pañal a los trillizos
bebés dragón.

«Cuchi cuchi cuchi.»

Cuando acabó la última prueba, el rey de Hedionda se acercó a Casilda:

—Casilda, realmente mereces que te llamemos Casilda Sin Asco. ¡No tienes asco a nada! —dijo.

—Te has ganado casarte con nuestro hijo, el príncipe Pestazo —dijo la reina.

Entonces el príncipe se acercó a Casilda…

«¡Mmmm, qué bien huele!»

Y le dio un beso.

«¡Puaj, qué asco! ¡Me ha dado un beso!»

Los reyes miraron a Casilda.

—¡Oh, no! ¡Te dan asco los besos!

—Muchísimo —reconoció Casilda.

Los reyes decidieron que Casilda no podría casarse con el príncipe.

Pero, por haber pasado todas las pruebas, le dieron un premio
de consolación: una medalla.

¿De oro?

¡No, mucho mejor! ¡De caca de vaca!

Una casa sueña

Cuando el sol se va y las luces se apagan,
se duermen los niños, se duermen las casas.

Se duermen las mesas, las sillas, las camas;
se duerme la alfombra al caer la persiana.

Cualquiera diría que todo está en calma,
Pero... ¿y en sueños?, ¿qué es lo que pasa?

Sueñan cinco vasos con ser grandes tazas;
los platos sueñan que son de porcelana.
Bostezan en sueños todas las cucharas.
Sueñan con llevar kilos de mermelada.

Tiritando están en la nevera blanca
yogures y huevos, soñando con mantas.

Y en la despensa, galletas de nata
se sueñan redondas en vez de cuadradas.

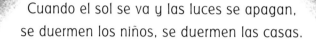

La tablet duerme, la tele apagada.
Sueñan los cojines que ven un programa.

Debajo, al fin libre, el mando a distancia
sueña −inocente− que nadie lo agarra.

En el baño se libran mil y una batallas;
sueña el gel que lucha contra una mancha.
Sueñan el cepillo dental y la pasta
que juntos vencen a una muela picada.
El peine, tumbado, sueña en voz alta:
«¡Piojo, detente!», y el piojo se amansa.

En el dormitorio, bien grande, la cama
duerme dormida y sueña… con nada.
Bastante ya tienen −ella y la almohada−
con cargar con el peso de una manada:
osos de peluche, cerditas y gatas,
que sueñan que un monstruo feroz las ataca.

Mas no hay peligro. Alguien las abraza.
¡Pero si eres tú! Uf. ¡Están salvadas!

Héroe de peluches, sobre la almohada,
¿con qué sueñas tú? ¡Cuéntamelo mañana!

Un gorro colorado

El gnomo Fortunato no se podía creer lo que veía.
—¿Es una seta? ¿Es un tejado? ¡No! ¡Es un gorro colorado!

El gnomo Fortunato acababa de encontrar un gorro. Y no era un gorro cualquiera.
Era un gorro de la sombrerería Alto Copete, la mejor sombrerería del bosque.

Igual a simple vista parecía un gorro normal y corriente. Pero le mirabas la etiqueta
y te dabas cuenta de que era un gorro especial. Puntiagudo como todos, colorado
como pocos, elegante como ninguno. ¡Y hasta podías escuchar música al ponértelo!
¡Sin cables!
Fortunato se lo probó. Le quedaba perfecto.

—¡Ay, cuando me vea Juanita! —se dijo. Se veía tan guapo...

La música sonaba en los oídos de Fortunato y él saltaba y reía y daba vueltas de
alegría con su gorro nuevo. Le encajaba tan bien que ni dando volteretas se le caía.

Pero de pronto le entró la preocupación.
—¿Y si se me mancha?

Decidió entonces ponerse su gorro viejo encima del gorro que había encontrado y siguió su camino, silbando y saltando al ritmo de la música.

Anduvo y anduvo con el gorro nuevo bajo el gorro viejo. Aunque nadie lo viera, él podía sentirlo, igual que sentía dentro del cuerpo una alegría secreta, como algo colorado y precioso que le daba calor.

Pero las alegrías no están hechas para mantenerlas en secreto.
Cuando Fortunato se encontró con su amigo Jacinto, le dijo sonriendo de oreja a oreja:
—¡Jacinto! ¡No te vas a creer lo que me ha pasado!
—Ni a mí —le interrumpió Jacinto, que no parecía muy alegre—. ¡He perdido mi gorro!
Jacinto se echó a llorar.
—¡Era precioso! ¡Y lo acababa de estrenar!

La alegría de Fortunato ya no estaba tan colorada ni daba tanto calor.
—Podías escuchar música.
—¿Ah, sí?
—Sí. Era del Alto Copete.
—Vaya vaya.
—Tan elegante...
—Caramba.
—Colorado.
—Ajá.
—Puntiagudo.
—Ah.

La alegría de Fortunato se había puesto de color rosa claro y estaba a temperatura ambiente.

—Y lo peor es que era un regalo de mi abuela —dijo llorando Jacinto—. Su último regalo.

La alegría de Fortunato ya era un hueco blanco y frío en su interior.

—Pero perdona —dijo Jacinto—. Tú me ibas a contar algo, ¿no?

Entonces Fortunato sonrió.

No de oreja a oreja.

Solo un poco.

Y quitándose su sombrero dijo:

—Te quería contar que... he encontrado tu gorro colorado.

Jacinto no se podía creer lo que veía. Aquel gorro colorado que Fortunato llevaba debajo ¡era su gorro! ¡Puntiagudo como todos, colorado como pocos, elegante como ninguno!

Fortunato se lo quitó de la cabeza y se lo puso a su amigo.

Jacinto saltaba y reía y daba vueltas de alegría con su gorro recién recuperado. Y volvía a saltar y a reír y a dar vueltas y vueltas mientras escuchaba la música. No podía parar.

Y ahora Fortunato tampoco podía parar de sonreír –y mucho– al ver a su amigo tan feliz.

—¡Juanita, Juanita! —llamó Jacinto a su amiga—. No hace falta que sigas buscando. ¡Lo ha encontrado Fortunato!

Juanita se acercó.

—Oh, qué guapo estás, Jacinto —dijo al verle con su gorro colorado.

Y luego se acercó a Fortunato y le dijo:

—Oh, Fortunato. Qué alegría te habrás llevado al encontrarlo. Pero hay algo aún mejor que LLEVARSE una alegría, ¿verdad?

Fortunato no sabía qué contestar. Pero no hizo falta, porque Juanita lo hizo:

—¡DAR una alegría! —dijo, y le dio un beso.

Y el gnomo Fortunato sintió por dentro como algo colorado y precioso.

¡Y hasta diría que oyó música!

No pasa nada

El elefante Manolo no tenía miedo a nada.
Bueno, solo a una cosa.
Pero era tan pequeña tan pequeña que ni cuenta.

Este es el elefante Manolo.

Esta es la pequeña cosa de la que tiene miedo Manolo. ¡Pero no le avises de que está aquí! ¡Sobre todo no digas: «Manolo, he visto un ratón»!

Vaya, ya lo has dicho.
Mira la que has liado.

Cada vez que veía un ratón, Manolo se ponía a temblar,
y a sudar,
y no podía respirar,
ni moverse,
y su bonito color gris se transformaba en blanco blancucho.
De nada servía decirle: «Manolo, no pasa nada».
¿No te he dicho que no servía de nada?
¿Entonces por qué le dices: «Manolo, no pasa nada»?
¡Otra vez!

Estaba Manolo aterrorizado por el ratón cuando apareció el elefante Moncho.
—¿Qué te pasa, Manolo? —preguntó Moncho—. Estás paliducho. Y sudando. ¡Y temblando!
Manolo, que no podía moverse, pero tampoco podía hablar, señaló al ratón.
—¡Aaah! —dijo Moncho—. Es por ese ratoncito. ¡No me digas que te da miedo un pequeño
ratón! Pero si tiene patitas, y no es venenoso, ni largo, ni sinuoso, ni se arrastra por el suelo.
Si fuera otra cosa... ¡Pero un ratón...! ¡Manolo, no pasa nada!
Vaya, ya lo has dicho.

¡Pero si no sirve de nada! ¿Sabes qué podría ayudar a Manolo?
Ahora verás.
—Abrázame, Moncho —dijo Manolo.
—Vale, Manolo —dijo Moncho.
Moncho abrazó a Manolo.

Y Manolo se sintió un poco mejor.

Aunque seguía mirando fijamente al ratón, y aún no había recuperado su bonito color gris.

Pero entonces Moncho vio algo terrible.

Algo que se arrastraba por el suelo, algo que no tenía patitas, algo largo, sinuoso y venenoso.

—¡AAAAAAAH! —gritó Moncho.

—¿Qué pasa? ¿Qué pasa? —preguntó Manolo.

Pero Moncho se había quedado sin voz. Y sin su bonito color gris.

Manolo giró la cabeza y vio lo que daba tanto miedo a Moncho: una serpiente.

—¡Aaah! —dijo Manolo—. ¡Es por esa serpientita! ¡No me digas que te da miedo una serpiente de nada! Pero si no tiene patitas, ni bigotes, ¡ni siquiera tiene orejas! ¡Una serpiente!

Y entonces dijo...

Adivina.

Es algo que no sirve para nada.

—¡Moncho, no pasa nada!

Sí, lo dijo.

¿Pero sabes qué podría ayudar de verdad a Moncho?

Ahora verás.

—Moncho, date la vuelta.

—¿Cómo?

—Así.

Y entonces Moncho y Manolo, que seguían abrazados, giraron.

Ahora Moncho veía el ratón –y no pasaba nada–

y Manolo veía la serpiente –y no pasaba nada–.

Y hasta empezaron a recuperar su bonito color gris.

Lo que pasa es que la serpiente y el ratón los rodearon, y cambiaron de lugar.

Entonces Moncho y Manolo volvieron a girar.

Y la serpiente y el ratón se movieron a su alrededor.

Y Moncho y Manolo volvieron a girar.

Y la serpiente y el ratón se movieron.

Y Moncho y Manolo volvieron a girar.

Y la serpiente y el ratón se movieron.

Y Moncho y Manolo volvieron a girar.

Y la serpiente y el ratón empezaron a marearse.

Pero Moncho y Manolo no dejaban de girar.

—¡Ey! ¡Estamos bailando!

—¡Estamos bailando!

Moncho y Manolo bailaban y bailaban, y giraban, y se enrollaban y desenrollaban, y se tiraban para atrás, y saltaban, y daban un, dos, tres, un pasito para adelante, un, dos, tres, un pasito para atrás, y movían la pata, movían el pie, movían la tibia y el peroné, y la mano arriba, cintura sola, y media vuelta, danza elefante, y se movían a la izquierda, izquierda, derecha, derecha, delante, detrás, un, dos, tres, y dale a tu cuerpo alegría, elefante, y suavecito para arriba, para arriba, para arriba, suavecito para abajo, para abajo, para abajo.

Moncho y Manolo ya no se acordaban de cómo habían empezado a bailar.
¿Te acuerdas tú?

Pero cuando se miraron el uno al otro vieron que ya no estaban blancos blancuchos, ni tampoco lucían su bonito color gris. Ahora estaban de un precioso color rosa.
Y es que cuando bailas, todo se pasa y puede pasar cualquier cosa.

La gran carrera

Esta es una historia emocionante como ninguna:
¡la carrera de Caracol y su amiga doña Tortuga!

A las **diez** de la mañana, en el estadio de atletismo,
se dan cita los atletas. Reina un gran nerviosismo.

En la línea de salida, con reluciente silbato,
puntual está esperándolos el mismísimo don Gallo.

¡Preparados, listos, ya! La carrera ha empezado.
El público anima con muchísimo entusiasmo.

¡¡CARACOOOL!! ¡¡CARACOOOL!! ¡¡ES SEGUUURO VENCEDOOOR!!
¡¡TOR-TU-GA!! ¡¡TOR-TU-GA!! ¡¡EN LA META HAY LECHUGA!!

Avanzan lentamente los esforzados atletas.
Nadie sabe cuál de ellos llegará antes a la meta.

¡¡YO APUESTO POR CARACOL!!
¡¡YO APUESTO POR TORTUGA!!

Son las **once** y ahí están, en los dos primeros metros.
«¿Me da tiempo a ir al baño?», se pregunta el camello.
¡CARACOOOOL!
¡TOR-TU-GA!

A las **doce** a la curva todavía no han llegado.
«¿Y si vamos mientras tanto a comernos un helado?»
CARACOL
TORTUGA

A la **una** el caracol ha doblado una antena.
Es lo más emocionante que ha pasado en la carrera.
CARA-ESO
TORTU-TAL

A las **dos** se han agotado ya todas las palomitas.
La tortuga, por un pelo, es entonces favorita.
Caracol
¡TOR-TU-GA!

A las **tres** no se oyen ánimos ni gritos ni protestas.
¡Todo el público en las gradas está durmiendo la siesta!

A las **cuatro** doña Yegua le reprocha a su marido:
«La verdad, caballo mío, no sé por qué hemos venido».
Cara...
Tor...

A las **cinco** por las gradas se ha extendido este lamento:
«Esta carrera está siendo el mayor aburrimiento».

¡Venga, Caracol! ¡Tenemos ganas de volver a casa!
¡Acaba ya, Tortuga!

A las **seis** se acercan juntos a la línea de llegada.
El público se anima por ver la cosa terminada.

¡TÚ PUEDES, CARACOL!
¡VAMOS, TORTUGA! ¡EL ÚLTIMO ESFUERZO!

A las **seis cuarenta y seis** roza la línea de meta
el ojo de Caracol. ¿Habrá ganado la apuesta?

Lo que pasa es que también –muestra la foto final–,
llega entonces la Tortuga. ¡Tendrán que desempatar!

¡¡OH, NOOOOO!!

(Si quieres saber qué pasó, vuelve a empezar).